TERRE
INDIENNE

Tony Hillerman

# TERRE INDIENNE

Traduit de l'américain
par Danièle et Pierre Bondil

TERRE INDIENNE

Albin Michel

Titre original américain :
INDIAN COUNTRY



22, rue Huyghens, 75014 Paris

ISBN : 2-226-07825-8

# Préface

*Merci à Tony Hillerman d'avoir bien voulu offrir aux éditions Albin Michel ce court récit pour célébrer les trois ans d'existence de la collection « Terre Indienne ».*

*En effet, c'est bel et bien une communauté d'esprit qui unit ce fidèle ambassadeur de la culture indienne à James Welch, Leslie Silko, Mary Crow Dog, Louis Owens, Craig Lesley, Archie Fire Lame Deer, Richard Erdoes, Alfonso Ortiz et tous les auteurs, blancs ou indiens, de la collection « Terre indienne ».*

*Tony Hillerman n'est ni anthropologue, ni ethnologue. Pourtant ses romans policiers s'accompagnent d'une étonnante connaissance de la culture navajo et l'ensemble de son œuvre illustre bien la complexité de la situation indienne contemporaine, écartelée entre tradition et modernité.*

TERRE INDIENNE

*Pour nombre d'auteurs indiens, l'écriture est devenue le moyen le plus efficace de préserver et de célébrer leur culture, la beauté, l'originalité et la force de leur univers.*

*C'est à cet univers qu'est consacré le texte de Tony Hillerman.* Terre indienne *est un vibrant hommage au Sud-Ouest des États-Unis, cadre privilégié de son œuvre, pays sauvage et magnifique, fait de hautes montagnes et de mesas, de plaines désertiques et de canyons. Hommage également aux peuples indiens qui ont développé avec cet environnement une relation placée sous le signe de l'harmonie.*

Francis Geffard

Ce jour-là, l'Amtrak quitta Albuquerque en direction de l'ouest un peu plus tard que d'habitude. Jusqu'à Isleta, il fila vers le sud à travers les bosquets de trembles de Frémont qui enserrent le Rio Grande, puis obliqua vers l'ouest, entamant sa longue escalade vers les rapides du Rio Puerco. A l'intérieur du wagon panoramique, trois hommes s'étaient lancés dans l'une de ces conversations décontractées que facilitent les trajets en chemin de fer entre gens qui ne se connaissent pas. Celui qui était monté à Chicago parlait au voyageur de Hartford et à celui de Saint Louis d'une femme excentrique, employée dans son bureau. Le train atteignit le sommet. L'immensité de l'ouest du Nouveau-Mexique s'étala sous nos yeux, écrasée par un soleil torride incliné sur l'horizon vers le nord-ouest. Noer Butte, Chicken Mountain, les Cebollitos et les monts Zuñis étaient coupés de leur base par la brume de chaleur de l'après-midi. Le mont Taylor semblait s'être libéré du couteau magique au moyen duquel Premier Homme des Navajos l'avait fiché en terre, et il flottait au-dessus de son propre mirage chatoyant. Un orage couvait vers Chivato Mesa. Un autre se préparait au nord des monts Jemez. Devant nous, à l'infini, s'étendait une prairie : fauve, gris, argent et jaune, ponctuée d'un rare genévrier et pommelée d'ombres de nuages. Par-delà ces steppes arides se dressaient avec sérénité les montagnes bleues. Ce spectacle m'arrache toujours à mes préoccupations urbaines, m'affranchit de mes soucis, me libère l'esprit et m'emplit d'une sorte de joie.

Dans le wagon, la conversation s'éteignit au milieu d'une phrase.

– Mon Dieu ! s'écria l'homme de Hartford. Quelle raison pourrait-on bien avoir de vivre ici ?

Laquelle, assurément ?

Si l'on pose sur ce paysage un regard objectif, il apparaît rude et hostile. En réalité, nulle autre parcelle de ce vaste territoire que les gens de l'Est ont, à une époque, baptisé le « grand désert américain » n'a grand-chose à offrir au pragmatique qui prône des valeurs matérialistes. A l'ouest de la frontière, entre le Texas et le Nouveau-Mexique, dans toute la région occupée par les contreforts sud des Rocheuses, le plateau du Colorado et le haut pays sec et érodé qui s'affaisse en pente douce vers la Californie, il n'y a guère de quoi satisfaire les aspirations de quiconque est à la recherche d'une terre promise. Notre Genèse, le récit judéo-chrétien de la Création, enseigne la parole de Dieu : l'Homme doit avoir le pouvoir de « régner sur la terre entière ». Mais il n'est pas aisé de régner sur cette région. Elle a été conçue à une échelle trop vaste pour l'être humain. En sont absentes la fertilité qui lui importe et la modération qui le réconforte. Prévenu par une sorte de prudence issue de temps immémoriaux, même le citadin le plus endurci sait qu'au-delà de la fenêtre de ce train le guettent la faim et la soif, le soleil impitoyable en été, le froid en hiver, une vie où le plus proche voisin est à deux jours de marche, des lieux où il pourrait mourir avec autant de facilité qu'une souris des champs. Voilà qui réduit l'homme à une échelle qui ne lui convient pas... celle d'une créature minuscule et insignifiante environnée de vide.

Maasaw, l'esprit gardien de ce monde, mit les Hopis en garde : pour vivre là, ils devaient s'accommoder de l'absence de tout confort matériel. En 1868, le général William Tecumseh Sherman donna le même avertissement aux Navajos... et annonça au président Andrew Johnson que ces derniers, retenus prisonniers à Bosque Redondo, ne pourraient probablement pas subvenir à leurs besoins s'ils recevaient l'autorisation de s'en retourner sur les hauts plateaux désertiques qu'ils nommaient *Dinetah*. Mais puisque ces terres étaient désolées, stériles et généralement dénuées de valeur, ils y seraient à l'abri de la rapacité caractéristique de la société blanche. Cette terre était, assura le général, « aussi loin de nos éventuels besoins à venir qu'il est possible de le déterminer ».

Le récit de leurs origines nous apprend que, lorsque les Hopis émergèrent de leur Troisième Monde frappé de destruction pour pénétrer dans ce Quatrième Monde où nous vivons, ils y furent accueillis par Sotuknang, l'être surnaturel à qui Dieu avait confié la création de l'univers, et par Maasaw, l'esprit gardien du Quatrième Monde. Sotuknang leur expliqua qu'il n'y avait aucune comparaison entre ce nouveau monde qu'ils allaient occuper et le Troisième Monde agréable et confortable qu'ils avaient corrompu par leur malveillance. Même si le nouveau autorisait aussi une vie aisée, il offrait à parts égales chaleur et froid, hauteur et profondeur, beauté et laideur. Les Hopis devaient choisir le style de vie le mieux adapté pour mener à bien la tâche dont Dieu les avait investis. Selon une légende voisine, Maasaw leur proposa alors de choisir entre plusieurs épis de maïs. Ils sélectionnèrent un épi court, dur et résistant. De la sorte, ils se prononcèrent pour une vie exigeante et chiche, dans laquelle nulle possibilité de connaître une quelconque aisance matérielle ne viendrait entraver la spiritualité. Y avait-il là de quoi expliquer à l'homme de Hartford pourquoi, dans un monde pratiquement dépourvu d'habitants et qui ne demandait qu'à leur appartenir, les Hopis choisirent de vivre sur ces mesas, un lieu rude où il leur serait difficile d'assurer leur subsistance ?

Nul n'ignore que les Navajos firent librement un choix similaire, transcrit dans les minutes officielles de la délégation placée sous l'autorité du général Sherman et chargée d'établir la paix. Plus de sept mille d'entre eux (la totalité de ceux qui survécurent à ces quatre années de captivité funeste passées à Bosque Redondo) se virent proposer un traité. En échange de leur promesse de ne plus prendre les armes, ils pouvaient obtenir une réserve dans l'Oklahoma (une délégation était partie l'inspecter et l'avait trouvée fertile, bien irriguée, riche en luxuriants pâturages), ou bien disposer d'une réserve à Bosque Redondo, sur les rives du Pecos, où ils étaient prisonniers depuis 1863. Ou enfin, ils pouvaient retourner sur le plateau désolé du Colorado où l'armée commandée par leur « ami », le colonel Kit Carson, les avait traqués, abattant leurs vergers, brûlant leurs hogans, massacrant leurs troupeaux, détruisant tout dans la volonté, couronnée de succès, de les réduire par la famine.

Ils se consultèrent puis rencontrèrent le général Sherman. Barboncito, un chef de guerre, était leur porte-parole. Il répondit à Sherman qu'il ne s'exprimait pas uniquement au nom des Navajos mais également en celui « des animaux, qu'il s'agisse du cheval ou du chien, et aussi de ceux d'entre nous qui n'ont pas encore vu le jour ». Leur décision, lui apprit-il, était unanime. Ils voulaient retourner chez eux.

« Je veux croire que vous n'exigerez pas de nous que nous partions sur des territoires qui ne sont pas les nôtres, déclara-t-il. Jamais nos ancêtres n'ont envisagé de vivre en un autre lieu... Au commencement, quand les Navajos ont été créés, quatre rivières et quatre montagnes nous ont été attribuées. Là devait se trouver notre Dinetah qui nous a été donnée par Femme-qui-change ». C'est ce même Être Sacré surnaturel qui, de son sein, avait créé les quatre premiers clans navajos, relata Barboncito, ainsi qu'à leur intention la terre délimitée par les quatre montagnes sacrées. Il expliqua au général que leurs ancêtres leur avaient enseigné de ne jamais quitter cette Terre sacrée. Loin de Dinetah,

« quoi que nous fassions, la mort s'abat sur nous ». Le Pecos les noyait lorsqu'ils s'y lavaient. La foudre les tuait. Même leur vieil ami, le serpent à sonnettes, les frappait sans prévenir.

« Les lamentations de nos femmes font couler des larmes jusque dans ma moustache, dit-il encore. Je ne peux penser qu'à Dinetah. Je suis comme une femme en proie au chagrin, comme une femme dans l'affliction. C'est mon pays et je veux y retourner. »

Leurs légendes disent aux Hopis qu'ils sont attachés par le destin à leur coin de désert élevé, accomplissant ainsi des prophéties surnaturelles : Dieu leur a ordonné de partir pour des migrations devant les amener aux confins de la terre, afin d'y trouver le centre de l'Univers et d'y vivre jusqu'à la fin de ce Quatrième Monde ; ils ont découvert cet endroit, ce *Tuwanasavi*, à l'extrémité sud de Black Mesa. Ils vivront là jusqu'à la nuit des temps. La même chose s'applique de différentes manières aux autres tribus pueblos qui ont découvert leurs lieux sacrés et y ont bâti leurs sociétés le long du Rio Grande et à Acoma, Zuñi, Laguna, ailleurs encore.

Avec des variantes, c'est aussi vrai des Navajos, comme Barboncito l'expliqua à Sherman, que des Apaches, retenus par leurs Esprits des Montagnes, des Utes, Papagos, Havasupais et de tous les autres. Pour tous, premiers arrivants en ces lieux, cette terre est sacrée.

Mais qu'en est-il pour nous ? Qu'en est-il pour moi qui suis né en Oklahoma et pour tous ceux aux yeux de qui ce paysage représente bien plus qu'un intérêt purement géographique ? Comment répondre à l'inconnu de Hartford ? Cette réponse, je la cherche ardemment depuis cet après-midi du mois d'août où Marie, ma femme, et moi, nous tenions à côté de notre vieille Ford près de Clayton, au Nouveau-Mexique, et assistâmes à notre premier orage sur le haut pays. L'air, chaud et humide dans la traversée du Texas, était soudain devenu froid et (pour un habitant des basses terres) incroyablement transparent. Il y avait des salves de tonnerre, une odeur d'ozone entêtante, et une éblouissante succession d'éclairs qui parait le ciel d'orage de couleurs lumineuses. C'était en 1950, et il nous fallut deux ans pour mener à bien notre migration jusqu'à notre Tuwanasavi personnel. Mais, dès ce jour, nous avons su, aussi clairement que Barboncito ou que le clan de l'Ours des Hopis, où le destin nous commandait de vivre.

Le poète de la Nouvelle-Angleterre Winfield Townley Scott est lui aussi venu en visite et n'a pu repartir. Qu'y a-t-il, dans cette région de l'Amérique, s'interrogea-t-il, « qui puisse captiver quantités de gens venus la voir au point qu'ils y posent bagage et y demeurent » ?

Avant tout, Scott concluait que « la magie est inhérente à la terre même, à ces magnifiques étendues et à ces pitons rocheux... La mesure de cette terre, son altitude, son immensité et l'immensité de son ciel frappent comme en pleine face. Il y a ceux qui la détestent immédiatement ; pris d'une sorte de désarroi devant un espace à ce point inhumain, ils prennent la fuite. Plus nombreux sont ceux qui, au premier regard, ne peuvent que rester pétrifiés sur place, les yeux écarquillés ». Exactement. L'homme de Hartford est désorienté. Mais beaucoup d'autres ainsi que moi-même voyons quelque chose qui nous émeut. Nous restons pétrifiés sur place, les yeux écarquillés.

La magie réside assurément dans la terre même. Les Hopis, Zuñis, Navajos et les peuples qui ont construit leurs pueblos dans le bassin du Rio Grande sont là depuis bien plus longtemps que nous. Ils ont eu le temps de formaliser cette magie. Leurs ancêtres en ont nommé les lieux distinctifs, personnifié les esprits et ont expliqué cette terre à l'aide de mythologies aussi riches et complexes que celles que nos propres ancêtres nous ont léguées depuis les fleuves d'Irak, les montagnes du Liban, les sombres forêts de l'Europe du Nord et les îles de la Grèce. Les Navajos ont peuplé Ship Rock, le Vaisseau de Pierre, et autres lieux similaires, de souvenirs liés à Tueur de Monstres, Grand-Mère Araignée, aux Monstres Ailés et à toutes ces métaphores qui rendent compte de la lutte menée par l'homme pour survivre. Mais la magie est également présente pour ceux d'entre nous dont la culture se nourrit des lois de Moïse et non des enseignements de Femme-qui-Change. Nous voyons aussi, dans un noyau volcanique très ancien comme celui du Vaisseau de Pierre, un rappel d'une Antiquité dont la représentation dépasse le pouvoir de notre imagination, des forces qui échappent à notre pouvoir de domination. Une beauté inhospitalière d'une telle rigueur nous rappelle que l'homme n'est pas maître de sa planète, ou de sa destinée, autant qu'il se plaît à le croire.

Quiconque s'intéresse aux cultures anciennes dans cette aride région d'altitude en apprend les points de repère religieux. Ainsi, lorsque l'on aperçoit les monts San Francisco, Huerfano Mesa, Gobernador Knob, le mont Maïs ou le lac Salé de Zuñi, ces lieux communiquent davantage que leur seule présence physique. Ils ont valeur de symboles spirituels au même titre que le mont Sinaï, le Jourdain, le mur des Lamentations ou le dôme du Rocher. Car cette région du Sud-Ouest est une Terre sacrée de l'Amérique. Ses sites mythiques, au même titre que les hauts lieux d'Israël et de Grèce, nous rappellent le besoin que ressent l'humanité de se civiliser.

De tous ces lieux, le mont Taylor, ce volcan fatigué situé à cent dix kilomètres à l'ouest d'Albuquerque, est celui que je préfère. Les Navajos le nomment *Tsoodzil*, la montagne Turquoise. Il marque le coin sud de *Diné Bikeyah*, la « Terre entre les Montagnes », en dehors de laquelle les rituels de guérison navajos ne peuvent être exécutés. Il a été rebâti sous sa forme actuelle dans le Cinquième Monde des Navajos par Premier Homme qui y a monté les matériaux du Quatrième Monde englouti par les eaux. Il a étalé une couverture bleue sur le sol, a façonné la montagne, l'a scellée dans la terre à l'aide d'un couteau de silex magique, l'a décorée de gemmes de turquoise, et a donné pour mission à un autre *yei* du panthéon des esprits navajos, Fille Turquoise, de vivre sur Mosca Peak et de toujours préserver les Navajos des maux susceptibles de mettre en péril leur harmonie avec l'univers. C'est là, dans la poésie de leur récit de la Création, que nichent les oiseaux bleus. Et c'est là que la brume du matin donne forme à la Maison Faite d'Aube sacrée.

Chaque jour, de ma maison située au nord-est d'Albuquerque, je vois cette montagne. Elle se dresse à l'ouest sur l'horizon, bleue en raison de la distance. Pendant ce que les

Navajos appellent, « la Saison où Dort le Tonnerre », elle porte une calotte neigeuse. Au printemps, battue par les vents, elle se pare d'une écharpe de nuages qui volent dans les airs et, quand août apporte la mousson au sud des Rocheuses, c'est de son sommet que partent les immenses nuages d'orage d'un bleu noir. Les jours où les fumées d'Albuquerque occultent la vallée du Rio Grande, la silhouette bleue de la montagne donne l'impression de se séparer de la terre et de flotter au-dessus de la brume grise. Et, en ces rares occasions où des rideaux de pluie dérivent sur la plaine d'Albuquerque et cachent Tsoodzil, elle reste présente à mon esprit : je la connais par cœur. Elle change avec mes humeurs : parfois silhouette indigo se détachant sur le flamboiement éblouissant du crépuscule, parfois dents de scie d'un bleu glacial sur l'horizon. Mais elle me rappelle toujours le monde des esprits navajos.

Dans la genèse de l'humanité telle que la conçoivent les Navajos, c'est sur cette montagne Turquoise que Tueur de Monstres et Né de l'Eau, les jumeaux de Femme-qui-change, occirent le géant appelé Ye-itso à l'aide de flèches magiques provenant d'éclairs dérobés au Soleil. Ainsi commença leur odyssée, destinée à rendre assez sûre Diné Bikeyah pour que les humains puissent l'habiter. Les monstres qui infestaient la Terre sacrée navajo étaient nés du manque d'harmonie avec la nature. Premier Homme et Première Femme s'étaient querellés, avaient défié les lois de la nature et cédé à la tentation de vivre sans le sexe opposé, engendrant ainsi, par leur attitude, les monstres destructeurs de l'humanité. Les récits poétiques dans lesquels les Navajos relatent l'asservissement des monstres constituent leur métaphore de la rédemption, de la capacité des hommes à transcender les appétits malsains qui rompent l'harmonie de la Voie navajo.

Que nous puissions ou non trouver des correspondances entre ces repères géographiques et notre propre théologie, il me semble qu'à sa manière ce paysage désert parle à nombre d'entre nous. Personnellement, il m'a fourni ma liste de lieux privilégiés, et je connais bien des gens qui peuvent dire la même chose. Pour Norman Zollinger, c'est le bassin Carrizozo au sud de la partie centrale du Nouveau-Mexique. Il l'a d'abord vu sous l'aspect d'une zone réservée aux exercices de bombardements quand il faisait son instruction dans l'armée de l'air pendant la Seconde Guerre mondiale, et il y est revenu pour l'utiliser comme cadre de ses romans. Oliver LaFarge a situé son premier roman chez les Navajos, mais son cœur penche pour la vallée pauvre de la Mora. Pour le poète et essayiste Haniel Long, les emplacements sacrés étaient partout. Long se rappelait avoir vu les koshares danser sur la plaza du pueblo de Cochiti pour appeler la pluie, et tout à coup, elle se mettait à tomber, brouillant les rayures cérémonielles noires et blanches dont les membres de cette fraternité sacrée se peignent le corps. Il se souvenait d'un koshare faisant une chute, s'ouvrant la hanche, ignorant la douleur, buvant la pluie recueillie dans ses mains, tout entier à sa jubilation. Des années plus tard, il écrivit : « Ce koshare est une frise vivante dans mon esprit. Il se multiplie en d'incomparables apparitions sur le vert des arbres au bord des fleuves, devant les éclairs en nappe qui illuminent les collines. » Et sur Cienega, il écrivit :

> « Je revois tout ; et cependant, se peut-il que ces maisons soient si rouges ? Se peut-il que les chiens avec lesquels jouent les enfants soient si blancs ? Se peut-il que les collines Cerrillos, aperçues à travers un arroyo conduisant aux cieux, soient si bleues ? Peut-être Cienega est-il un enchantement. Et lorsqu'on croit s'en approcher entre les murailles de roche bleue, peut-être ne s'en approche-t-on nullement, peut-être revoit-on un rêve ancien. Personne, assurément ne peut être certain d'avoir visité Cienega ; les gens ne se disent-ils pas : "Était-ce une vision ou ai-je à un moment ou à un autre assisté au crépuscule en pareille vallée ?" »

Pour beaucoup d'entre nous, il est d'autres endroits, en ces hautes terres arides à l'air limpide, qui semblent se graver dans la mémoire comme la pluie sur la plaza de Cochiti et la tombée du jour à Cienega. Ma propre mémoire est riche de lieux sacrés qui me sont personnels.

A White Sands, par une froide nuit d'hiver, la guérite est désertée, la route d'accès aussi vide que si ma voiture n'avait jamais existé. Il n'y a pas un souffle de vent dans la nuit. La lune s'est couchée mais la lueur des étoiles se reflète sur les congères des monts San Francisco et des monts San Andres. Loin vers le nord, la Sierra Blanca semble rayonner. Le craquement intermittent de mes chaussures sur le gypse froid constitue l'unique bruit dans un univers vide et silencieux comme l'Antarctique. A quelques centaines de mètres de la route, des empreintes sur les dunes blanches sont les seules traces concrètes de vie sur la planète.

Les thérapeutes recherchent un effet similaire à cette pratique d'isolement absolu en plongeant leurs patients dans une eau chauffée à la température du corps humain, et en les laissant coupés de toute lumière et de tout son. Ils appellent cela la suppression des stimulations sensorielles. Mais à White Sands, en hiver, à minuit, on se trouve dans cet isolement sans avoir recours à un tel procédé. Aucune lumière n'est visible, qu'elle vienne d'une route ou d'une fenêtre, mais le ciel étincelle d'étoiles, et cet éclairage suffit pour trouver son chemin à travers les dunes isolées. Si on en gravit une pour se tenir à son sommet, on contemple ce que suggèrent l'humeur et l'imagination du moment : la solitude épouvantable de l'unique survivant au monde ; l'incroyable beauté dont Maheo, le Créateur tout-puissant des Cheyennes, a paré la planète quand il la façonna au creux de sa paume ; ou encore une symétrie des formes et des lignes tracées par le vent sur les dunes, et une harmonie de couleurs adoucies sous la lumière des étoiles propres à inspirer un peintre abstrait.

De l'autre côté du bassin de Tularosa, visible du fond de cet ancien lac, se dresse une crête où les premiers chasseurs campaient pour guetter le gibier. Ils ont recouvert les gros blocs rocheux de pétroglyphes abstraits dont beaucoup rappellent l'œuvre de Klee et de Picasso. Il existe là un esprit qui encourage l'homme à créer la beauté.

Le début de l'été est la meilleure saison pour découvrir un autre de ces lieux qui semblent toujours me parler. Il s'agit du plateau de Taos, formé par cette plaque de lave ancienne qui, il y a des millénaires, emplit la vallée située entre les monts Taos, dans les Sangre de Cristo, et les Brazos vers l'ouest.

Des éruptions plus tardives l'ensevelirent sous des couches de cendres, érigeant çà et là leurs cônes de scories, et le Rio Grande la transperça de sa grandiose gorge noire. A cette période de l'année, le ruissellement atteint son apogée et l'eau provenant de la fonte des neiges sur les hauteurs du Colorado se rue vers l'aval dans un rugissement. La meilleure heure correspond au crépuscule d'une de ces journées où les nuages s'assemblent au-dessus des Sangre de Cristo et lorsque les reflets du soleil couchant les teintent de rouge. Partez de Tres Piedras par la route 64 et roulez vers le sud en direction de Taos. Rangez-vous sur le bas-côté avant d'atteindre le pont qui enjambe la gorge de Taos. Enfoncez-vous à pied dans cet univers de sauge, de chamisa, d'herbes-aux-serpents et de bouteloue qui couvre le plateau. Lorsqu'en vous retournant, vous ne distinguerez plus la chaussée, arrêtez-vous, regardez et écoutez.

Vous verrez ce que Frederick Remington contempla lorsqu'en 1882 il parcourut ce plateau à cheval pour se rendre à Taos : un exemple de beauté que le célèbre peintre de la Frontière n'oublia jamais. Vous serez à plus de deux mille mètres au-dessus du niveau de la mer, là où l'air raréfié et limpide semble anéantir les distances. Sur l'horizon, à l'est, le pic Pueblo et le mont Lew Wallace se teintent au crépuscule de rouge, de rose et de saumon, une symphonie de couleurs éblouissantes. Au-delà s'étend le lac Bleu, le saint des saints pour les Indiens de Taos, la porte entre les mondes pour leurs esprits kachinas. Au nord culmine la silhouette conique de Ute Mountain. C'est là que les chamanes de la tribu des Utes communiaient avec Dieu avant que les Comanches, les Espagnols et, pour finir, les colons ne les chassent de cette immense vallée et ne les repoussent au-delà des Rocheuses. Les contours indécis du mont Blanco se dessinent à l'horizon au-delà de Ute, trait distinctif des Sangre de Cristo. Les Navajos l'appellent *Sis Naajini*, ou la montagne Coquil-lage Blanc, et elle marque l'un des angles délimitant leur monde. Leur récit des origines nous raconte que Premier Homme a étalé une couverture blanche sur la terre et érigé le mont Blanco exactement de la même façon que le mont

Taylor. Ici réside Garçon de l'Aube, l'esprit qui accueille la beauté sur la terre des Navajos. Et avec lui habite Shash, l'ours magique, qui protège les gens du mal.

Dans l'air cristallin, ces repères se détachent en relief sur fond de ciel et paraissent assez proches pour être atteints en quelques minutes. La sauge s'étend à perte de vue en direction des montagnes et ne laisse pas deviner la moindre dépression, la moindre trace de l'immense fleuve qui a creusé là son canyon.

Mais écoutez ! Par cette soirée sans un souffle d'air on perçoit quelque chose d'étrange et d'indéfinissable. Ça paraît venir de très loin : un bruit de tonnerre ininterrompu. Cet inquiétant grondement qui semble monter de la terre elle-même, c'est le fleuve, l'écho lointain d'un milliard de tonnes d'eau qui tombent, s'écrasent sur les énormes blocs de basalte de son lit et rebondissent sur les falaises brillantes à deux cent cinquante mètres en contrebas. Mais rien ne signale la présence de l'eau et la distance fait de ce bruit énorme un murmure sans plus de force que celui du sang circulant dans les oreilles. On jurerait qu'on le perçoit par la plante des pieds, tel le marmonnement souterrain de la Terre Mère en personne.

Cette écoute de la planète est une sensation qui se grave dans la mémoire. Et pour moi, c'est l'un des lieux qui font de cette région une Terre sacrée.

Frank Waters a gravé dans sa mémoire de pareils sites. Dans le salon de sa vieille maison d'Arroyo Seco, qu'il habite depuis quarante ans, où il est devenu un vieil homme et où il a écrit de nombreux ouvrages qui éclairent les cultures du Sud-Ouest aux yeux du monde entier, il m'en a cité deux.

L'un est l'étroite péninsule de pierre qui s'avance vers le sud à l'extrémité de Troisième Mesa, à l'est d'Oraibi. Tous les quatre ans, au début des cérémonies de Wu'wuchim, durant « la Nuit du Lavage des Cheveux » au cours de laquelle les jeunes Hopis sont initiés dans les kivas religieuses les plus importantes de leur peuple, les esprits kachinas se regroupent autour d'un haut lieu situé là, sous la falaise. C'est le point de rassemblement d'où ils partent pour entrer dans les villages et tenir leur rôle dans les cérémonies. « Il y a en ce lieu quelque chose dont il est difficile de parler en termes rationnels, m'a expliqué Waters. J'en ressens simplement l'esprit... un caractère sacré qui inspire le respect. »

Les ruines d'Awatovi lui parlent d'une voix plus triste et sont, elles aussi, associées à Wu'wuchim. On les atteint en quittant Keams Canyon par le sud et en dépassant la pointe sud d'Antelope Mesa. A la fin du XVII^e^ siècle, Awatovi était l'un des villages hopis les plus importants, rivalisant avec Oraibi par l'autorité et le pouvoir de ses sociétés religieuses. Il abritait peut-être huit cents personnes, l'essentiel du clan du Fût de la Flèche et des éléments appartenant aux clans du Blaireau, de l'Aigle, du Soleil, du Tabac et du Perroquet. Les archives espagnoles et les légendes hopis nous relatent qu'en 1700 un missionnaire franciscain, du nom de Juan Garaycoechea, arriva à Awatovi. Avant de repartir, il avait converti soixante-treize de ses habitants au christianisme. Tapolou, un chef religieux du clan du Soleil, craignant que ce manquement aux rites traditionnels ne détruisît le pouvoir des cérémonies hopis, réunit des chefs religieux des autres villages et soutint qu'Awatovi et ses habitants devaient être anéantis. Des guerriers venus d'Oraibi, de Shongopovi, de Mishongnovi et de Walpi s'introduisirent de nuit dans le village pendant que les hommes se trouvaient dans les kivas souterraines afin de préparer Wu'wuchim. Ils retirèrent les échelles et massacrèrent les villageois pris au piège sous une pluie de flèches, achevant les éventuels survivants en lançant des touffes d'arroche enflammées par les ouvertures des toits. A l'exception de quelques femmes et enfants répartis dans d'autres villages pour y être adoptés, tous les habitants d'Awatovi furent massacrés ; les murs des maisons jetés bas ; les meules et les poteries brisées. Lorsque J.W. Fewkes fouilla les ruines en 1892, il rapporta à la Smithsonian Institution qu'il avait trouvé « la terre littéralement pétrie d'ossements »... Fewkes raconta qu'il n'avait pu pousser la fouille d'une kiva plus avant « en raison de l'horreur éprouvée par les ouvriers devant la profanation de cette chambre cérémonielle ».

Pendant qu'il préparait son *Livre du Hopi*, devenu un classique, Waters vécut trois ans parmi eux. Il les connaît mieux que tout autre Blanc, adore leur culture et comprend quelle épouvantable cicatrice cette atrocité a laissée dans la mémoire d'une tribu qui pu se prévaloir – à juste titre et durant un millénaire entier – du nom de « Peuple Paisible ». Pour Waters, le site d'Awatovi est un lieu hanté.

« On reste abasourdi à l'idée de ce qui s'est passé et on sent ce fardeau qui vous écrase, déclare-t-il. La présence palpable de l'affliction. »

Bosque del Apache, le fond autrefois marécageux du Rio Grande au sud de Socorro, est un autre de ces lieux hantés. Aujourd'hui, c'est un parc naturel protégé par le gouvernement. L'hiver y voit resurgir les oiseaux d'eau qui, à leur tour, font renaître le passé.

Durant ces courtes et sombres journées, l'aube point presque plein est : une lueur qui éclaire le ciel derrière les monts San Andres. Bientôt l'horizon s'illumine. Les versants des San Mateos prennent forme dans l'obscurité, de même que la chaîne Noire et les Gallinas au nord. Le Rio Grande est presque à sec en cette saison, les eaux qui s'y déverseront au printemps sont retenues sous forme de neige amoncelée dans les montagnes. Mais, dans la tranquillité du petit jour, on entend le bruit diffus de l'eau qui court et peut-être le grondement étouffé d'un camion tardif qui roule sur l'autoroute à des kilomètres de là. Attendez un instant et vous percevrez autre chose, un bruit que la civilisation a rendu insolite.

Sur les étangs peu profonds et marécageux, les oies des neiges s'éveillent ; d'abord c'est une seule voix, puis une autre, d'autres encore, dispersées çà et là, qui s'enflent en concert. Elles arrachent au repos les bernaches du Canada et la multitude d'oiseaux : fuligules valisnéries, cols-verts, garrots albéoles, canards pilets, canards siffleurs, harles, poules d'eau. Loin au-dessus des étangs émerge maintenant un nouveau son, l'étrange appel flûté de la grue cendrée, sur une seule note.

Les Apaches, qui firent de ce bosquet de trembles de Frémont leur lieu de campement et qui lui donnèrent son nom à l'époque où la civilisation occidentale était encore très loin, par-delà l'horizon, ont dû entendre cette musique matinale. Mais cela se passait il y a des générations, avant que, pour des nuées d'oiseaux partis des nids de l'Arctique, les carabines ne transforment en pièges mortels les chemins migratoires.

Patientez un instant et vos yeux vous confirmeront ce que vos oreilles vous disent : vous êtes remonté dans le temps jusqu'à une époque antérieure aux ravages causés à la planète par l'espèce humaine. Le ciel est strié de rouge et de jaune derrière les monts Oscuras, et les reflets en ont teinté de replis violet pâle les pentes sans arbres des San Andres. Dans la faible lumière, de vastes plans d'eau semblent gelés et recouverts de plaques de neige. Mais tout ce blanc n'est que plumes d'oies : quand j'y suis allé l'hiver dernier elles étaient plus de cinquante mille, auxquelles il fallait ajouter dix mille bernaches et des grues par milliers. Soudain, par bandes et par groupes, elles commencent à prendre leur essor. Une oie des neiges est un gros palmipède, bruyant qui plus est, dont l'envergure peut atteindre un mètre cinquante. Le concert suscité par l'éveil des oiseaux se mue en grondement d'ailes, en brouhaha de cris.

Pour peu que l'on soit, d'une manière ou d'une autre, sensible à la beauté et au pouvoir de la nature, je ne pense pas qu'on puisse se tenir sous les trembles dénudés proches des marais de Bosque del Apache et contempler le vol matinal de ces oiseaux d'hiver sans se sentir subjugué par ce que captent le regard. Là-haut, le ciel s'emplit d'ailes : des vols entiers et irréguliers d'oies blanches se succèdent, les formations plus réduites de bernaches du Canada, plus grosses et plus foncées, cent escadrilles pressées composées de canards et de leurs myriades de cousins des étangs. Le soleil se lève maintenant et certains vols décrivent des courbes suffisamment haut pour être accrochées par la lumière, miroitant sur le fond sombre du ciel matinal. Les versants des San Andres, devenus d'un gris velouté, composent un arrière-plan à ce kaléidoscope d'oiseaux. Dans les airs, les vols en formation se succèdent et l'on reconnaît, entre ceux des oies, les majestueux alignements gris des grues cendrées. La parade de l'aube vous environne, vous engloutit, vous oubliez la horde des camions sur l'autoroute 25. Rien n'existe plus hormis le spectacle et le son qu'offrent les oiseaux, leur conversation musicale et les courbes qu'ils dessinent en blanc sur fond bleu. Tel était le monde, il y a bien longtemps.

Loin au nord-ouest, à côté de la « poupe » du Vaisseau de Pierre, on peut vivre une autre aventure, un voyage dans le temps plus radical encore. Je veux parler du spectacle de ces « rayons » qui divergent sur des kilomètres à partir de l'imposant noyau central du volcan. Cette même pression volcanique qui a poussé vers le ciel les roches en fusion, donnant sa forme au noyau volcanique, a également fendu la croûte terrestre. Par ces fissures, un magma surchauffé a été propulsé de bas en haut, comme de la pâte dentifrice hors d'un tube, dans les épaisses couches de cendres déposées par l'éruption. Les millions d'années qui ont érodé le cône volcanique et dégagé les flèches noires du Vaisseau de Pierre ont aussi creusé et emporté les cendres et laissé ces coulées exposées au vent. Par endroits, elles atteignent six à neuf mètres de haut pour seulement soixante ou quatre-vingt-dix centimètres d'épaisseur, et elles serpentent sur des kilomètres à travers la prairie, telles des murailles de Chine étroites et sans objet. La route navajo 33 franchit une trouée dans sa portion qui va de l'US 666 à Red Rock et à la vallée de Kam Bihghi. Un soir d'automne, je me garai en cet endroit sur le bas-côté de la route et m'avançai vers l'aiguille rocheuse, empruntant un chemin rarement utilisé qui court le long des éboulis au pied du mur. Ce jour-là, une bourrasque annonciatrice de tempête soufflait de l'Utah. De-ci, de-là, des blocs d'ignimbrite s'étaient détachés du mur, creusant des trous au travers desquels chantait le vent. Des buses à queue rousse, grosses comme des aigles royaux, chassaient les rongeurs au-dessus de la prairie. Un petit faucon du Mexique couleur de sable patrouillait sur le mur lui-même en lançant des « kè-kè-kè » de sa voix flûtée. A des kilomètres vers le sud, Table Mesa se découpait sur l'horizon, tel un immense porte-avions ancré sur une mer d'herbes couchées par le vent.

Le Vaisseau de Pierre me ramène à l'époque des mythes. Les Navajos l'appellent *Tsae-bidahi*, le Rocher aux Ailes. Ils le classent au nombre de leurs lieux les plus sacrés et en interdisent l'accès aux amateurs d'escalade. Aux temps mythiques, il fut gravi par Tueur de Monstres, qui avait appris de Femme Araignée comment atteindre le nid des Monstres Ailés. Au sommet, il massacra ces oiseaux gigantesques. Puis il enseigna à leurs couvées à ne pas chasser les Gens de la Surface de la Terre, mais à se changer en aigles et en hiboux. C'est à cela que je pense quand je me tiens à côté de ce mur de lave grise figée. Puis je me surprends à me représenter ce mur quand il était en fusion et irradiait une chaleur jaune incandescente. Quelle force faut-il pour ouvrir des failles dans le crâne de la planète, sur des kilomètres et dans une dizaine de directions différentes ? Quelle pression faut-il pour projeter au-dessus de la prairie cette cathédrale de pierres noires qui s'élance vers le ciel (vingt étages plus haut que l'Empire State Building) ? J'essaye d'imaginer le bruit... c'est comme tenter d'imaginer celui que ferait l'explosion de dix mille bombes à hydrogène. J'essaye d'estimer la chaleur lorsque cette imposante structure jetée vers les cieux correspondait au puits bouillonnant d'un volcan. Sans y parvenir, bien évidemment. Mais cette tentative m'aide à replacer le temps, les réalisations de l'homme et moi-même dans une perspective différente.

Ceux d'entre nous chez qui les lieux arides et désolés entraînent une hausse de la pression sanguine souffriront fréquemment de ce mal sur le plateau du Colorado et dans la région désertique érodée qui en constitue les confins au sud-ouest. Un autre endroit similaire, pour moi, est le fond du canyon de Chelly, en dessous de la ruine de White House.

L'eau fraîche, limpide et peu profonde coule ici sur un lit plat et sablonneux. Je suis de ceux qui ont grandi pieds nus à arpenter les fonds des rivières en quête de ces objets fantastiques que cherchent les garçons des campagnes. Pour un homme qui a survécu au-delà de la quarantaine, il n'est pas facile de découvrir un lieu où revivre, sans perdre sa dignité, la sensation enfantine qu'engendre le contact de l'eau froide sur les chevilles nues et du sable propre entre les orteils. Le lit de ce cours d'eau possède cette intimité parfaite que requièrent les patau-geurs anachroniques. Il propose même l'ex-citation feinte de ses poches de sables mou-vants, des endroits où les pieds s'avancent sur un fond qui tremble et aspire, menace d'engloutir et fait renaître les antiques ter-reurs de l'enfance.

Par-delà la cime des arbres, les vestiges anasazis qui donnent leur nom à ce lieu paraissent petits. La falaise de grès se dresse au-dessus d'eux vers un ciel d'un bleu exces-sif. Cette paroi écrase les ruines, les arbres, et m'écrase moi aussi. Des minéraux infiltrés par suintement les ont marqués de stries et de taches dont les représentations verticales suggèrent ce que l'imagination leur fait dire. Et çà et là, sur la paroi, apparaît un travail réa-lisé de main d'homme, un travail d'artiste, les pictogrammes et pétroglyphes laissés par les Ancêtres qui ont vécu autrefois sur ce site avant de disparaître. Dans un endroit ombragé abrité du soleil, je découvre l'image de Kokopelli, le joueur de flûte bossu, peint sur la roche. Ici, il est représenté en train de marcher, sa flûte est une ligne droite qui prolonge sa bouche à la verticale, sa bosse est arrondie par les graines qu'il a disséminées en ces temps mythiques. Les Hopis du clan de la Flûte continuent parfois à chanter sa chanson, mais elle remonte à une époque si incroyablement ancienne que personne n'a conservé le souvenir de sa signification.

Ici, quand l'air est presque en suspens, je crois que l'on entend encore la musique de Kokopelli si l'on se donne la peine d'écouter. Mais peut-être s'agit-il des cloches que les moutons navajos portent autour du cou. L'écho des falaises convertit leur tintement multiple en un son qui rappelle le pipeau en roseau du dieu Pan.

On pourrait énoncer une litanie de noms correspondant à ces lieux sacrés : la région de Lime Ridge, au nord-est de Mexican Hat ; la forme pyramidale du mont Dzilintsan où le Dieu Noir des Navajos vit sur Black Mesa ; les environs du Trou-dans-le-Rocher sur le bras de la rivière Escalante, au lac Powell ; les falaises Vermillon qui dominent le Colorado en aval de Lee's Ferry. Des dizaines d'autres encore me remémorent la mise en garde adressée par N. Scott Momaday à ses lecteurs dans *The Man Made of Words*. Il nous y exhorte tous à consacrer un peu de temps à nous concentrer sur la terre telle que notre mémoire l'a conservée, sur un paysage en particulier. L'homme, nous avertit Momaday, devrait « le contempler sous autant d'angles différents que possible, s'en émerveiller, y arrêter sa pensée. Il devrait imaginer qu'il le touche de ses mains en toutes saisons et qu'il prête l'oreille aux bruits qui y prennent naissance. Il devrait imaginer les créatures qui y vivent et les mouvements les plus ténus de l'air. Il devrait garder en lui l'éclat de la mi-journée et toutes les couleurs de l'aurore et du crépuscule ».

Tandis que je visite ces lieux sacrés, que je m'en imprègne, que je les imagine en toutes saisons, que j'en grave les couleurs dans ma mémoire, me revient aussi le souvenir du récit de la Création selon les Cheyennes.

Au commencement, il n'y avait que Maheo, le Pouvoir. Il regarda alentour et ne vit rien, écouta et n'entendit rien, tendit la main pour toucher mais il n'y avait rien à toucher. Alors Maheo prit la décision de créer un univers. Ce faisant, il en arriva au point où, tenant une boule de boue dans la paume de sa main, il donna naissance à la Terre. Il la décora de montagnes, d'océans, de nuages, de fleuves, de forêts, de lacs et de prairies, où poussaient fleurs, roseaux, plantes grimpantes et herbes. Il l'éclaira avec le soleil et la lune, peupla son air d'oiseaux, ses eaux de poissons et ses forêts d'animaux. Alors Maheo contempla ce qu'il avait engendré et vit que la Terre était pleine de beauté. Il la détailla du regard et en tomba amoureux. Aussi créa-t-il l'homme et la femme à l'aide de son propre corps. Il leur dit que ce serait leur devoir de veiller sur la Terre à jamais.

*« Il serait difficile, voire impossible, à quiconque s'intéresse aux cultures des Indiens d'Amérique du Nord, de trouver meilleur choix de textes que celui proposé par la collection "Terre indienne" : de* L'Hiver dans le sang, *roman de James Welch, devenu un classique, au* Cercle sacré *d'Archie Fire Lame Deer, sans oublier* Cérémonie *de Leslie Silko à jamais gravé dans la mémoire de leurs lecteurs.*

*"Terre indienne" atteint à la perfection. »*

Tony Hillerman
Albuquerque, Nouveau-Mexique
mars 1995

# Dans la collection
# « Terre Indienne »

ROMANS

## Craig Lesley
## **Saison de chasse**

*Traduit de l'américain par Hélène Devaux-Minié*

A 34 ans, Danny Kachiah, Indien Nez-Percé, n'est plus l'un des meilleurs cow-boys de rodéo de l'Oregon. Depuis quelque temps déjà, tout dans la vie de Danny est un peu plus incertain. Personnage capital de son existence, Red Shirt, son père, est mort. Quant à sa femme, Loxie, elle l'a quitté pour un fermier du Nebraska, emmenant avec elle son fils qu'il connaît à peine. Il faudra que le destin frappe à nouveau pour que Danny trouve aux côtés de Jack, devenu adolescent, l'occasion de rattraper les années perdues.

Red Shirt, Danny et Jack, trois générations liées par le sang, la mémoire et la culture indienne.

*«Un roman bouleversant. Une impressionnante entrée en littérature.»* **Raymond Carver.**

Louis Owens

**Même la vue la plus perçante**

*Traduit de l'américain*
*par Danièle et Pierre Bondil*

Au cours d'une nuit pluvieuse, Mundo Morales, shérif-adjoint d'une petite ville de Californie, pense être victime d'une hallucination en voyant le corps d'Attis McCurtain, son meilleur ami, flotter à la surface de la rivière Salinas. Ce dernier, de retour du Vietnam où ils ont combattu ensemble, n'est-il pas interné pour démence ?

Pour Morales l'enquête ne fait que commencer tandis qu'à des kilomètres de là, au cœur des marécages du Mississipi, une vieil Indien, grand-oncle d'Attis, a pressenti le drame. C'est auprès de celui-ci que Cole McCurtain, le frère cadet d'Attis voulant fuir l'incorporation, est parti trouver refuge. Il ignore encore que le vieil homme l'attend afin de lui confier une bien étrange mission…

Mundo Morales et Cole McCurtain, tous deux guidés par leurs traditions – mexicaine et indienne – vont vivre une aventure qui changera le cours de leur existence.

*«Drame, polar, conte, récit initiatique… un long poème magique qui nous donne rendez-vous avec l'harmonie.»* **Martine Laval, *Télérama*.**

## Leslie Marmon Silko
## **Cérémonie**

*Traduit de l'américain par Michel Valmary*

Tayo, jeune Indien du Nouveau-Mexique, revient de la Seconde Guerre mondiale brisé, hanté par la mort. Tandis que sur la réserve les autres vétérans trouvent refuge dans l'alcool et la violence, il s'interroge sur le véritable sens de son mal. Sa quête le ramènera au passé de son peuple et à la culture traditionnelle, elle prendra la forme d'une cérémonie, seule voie possible pour guérir du plus sombre des maux : le désespoir.

«*Face à une Amérique qui change sans cesse et devient de plus en plus inquiétante,* Cérémonie *est le livre de la reconquête de l'identité indienne, de notre identité. Il dégage une beauté sombre et une puissance qui ne peuvent laisser aucun lecteur indifférent.*» **James Welch.**

## James Welch
## **L'Hiver dans le sang**

*Traduit de l'américain par Michel Lederer*

Portrait d'un jeune Indien dans l'Amérique d'aujourd'hui où le narrateur mêle la mémoire de son peuple et les souvenirs de son propre passé, *L'Hiver dans le sang*, roman aux accents surréalistes, empreint d'humour, a profondément marqué l'entrée des écrivains indiens dans la littérature contemporaine.

*«Cet étrange roman se lit comme on rêve. Il ne raconte pas d'histoire, mais nous balade dans les errances d'un être à qui l'on a confisqué le droit d'avoir des histoires, et les anecdotes s'enchaînent jusqu'à dessiner une ligne de sens que l'on parcourt, comme on regarde dans le grand ciel du Montana le vent écrire avec les nuages.»* **Patrick Raynal, *Le Monde*.**

James Welch

## La Mort de Jim Loney

*Traduit de l'américain par Michel Lederer*

James Welch explore dans ce superbe roman le destin d'un homme étranger au monde comme il l'est à lui-même : métis, Jim Loney semble paralysé par l'ambiguïté de ses origines indienne et blanche, qu'il n'a jamais vraiment réussi à réconcilier. Écrit dans un style épuré et totalement maîtrisé, ce roman nous offre le portrait déchirant d'une chute inévitable.

*«Ce livre vous fait l'effet d'une balle reçue en plein cœur.»* **Jim Harrison.**

James Welch

**Comme des ombres sur la terre**

*Traduit de l'américain par Michel Lederer*

Nous sommes en 1870, au nord-ouest du Montana, sur les bords de la rivière des Deux Médecines où les Mangeurs Solitaires, de la tribu des Pieds-Noirs, ont installé leur camp. Au cours d'une expédition contre les Crows, les jeunes de la tribu devront prouver leur bravoure. Trompe-le-Corbeau y gagnera son nom de brave et sa place parmi les siens. Mais jour après jour, les Napikwans (les hommes blancs) se font plus pressants, jetant comme des ombres sur la terre…

A travers la vie et le destin de Trompe-le-Corbeau, c'est l'histoire de ses ancêtres que raconte James Welch. Avec une rare force poétique mêlant le surnaturel au quotidien, il évoque un monde millénaire qui assiste sans le savoir encore à son crépuscule.

«*Un roman magnifique dont le souvenir hantera longtemps le lecteur.*» **Jim Harrison.**

Mary Crow Dog

en collaboration avec Richard Erdoes

## Lakota Woman

### Ma vie de femme sioux

*Traduit de l'américain par Dominique Péju*

Mary Crow Dog est née en 1953 sur la réserve de Rosebud (Dakota du Sud). Récit de sa propre vie, *Lakota Woman* retrace le combat triomphant que mène une femme afin de survivre dans un monde hostile : *« Si vous avez l'intention de naître, arrangez-vous pour naître blanc et mâle. »*

A travers l'existence de Mary, c'est toute la chronique d'une génération qui entend rester, envers et contre tout, attachée à son identité et à sa culture. Malgré la misère des réserves, le racisme, la violence et le désespoir, elle raconte, avec une force et une noblesse extraordinaires, le parcours d'un peuple à la découverte de lui-même, dans une Amérique dont nous n'avions jamais soupçonné l'existence.

*«La vie de la réserve comme si vous y étiez et comme il ne faut la souhaiter à personne, fût-ce à son pire ennemi.»* **Yves Berger, *Le Nouvel Observateur.***

Richard Erdoes et Alfonso Ortiz

## L'Oiseau-Tonnerre et autres histoires

**Mythes et légendes des Indiens d'Amérique du Nord**

*Traduit de l'américain par Simone Pellerin*

Ce magnifique recueil rassemble une centaine d'histoires, émanant de nombreuses tribus, et offre un panorama riche et vivant du patrimoine mythologique des Indiens d'Amérique du Nord. Certaines ont été et sont ra-contées depuis des siècles dans les communautés. Elles proviennent toutes du cœur et de l'âme de ces peuples et la force et la magie qu'elles dégagent leur donnent une dimension universelle en même temps qu'elles témoignent de la richesse d'une culture.

Voici, en provenance de tout le continent nord-américain, des récits de la création du monde et des êtres vivants, des histoires d'amour, des récits guerriers, des figures héroïques, des voix animales, des fables pleines d'humour, des contes surnaturels et merveilleux ainsi que des visions prémonitoires.

«*Le recueil de légendes indiennes le plus important et le plus précieux jamais réalisé. Un apport impressionnant au patrimoine culturel de l'humanité.*» **Dee Brown.**

Archie Fire Lame Deer

avec la collaboration de Richard Erdoes

## Le Cercle sacré

**mémoires d'un homme-médecine sioux**

*Traduit de l'américain par Michel Valmary*

Fils de Tahca Ushte, l'auteur du célèbre *De mémoire indienne*, Archie Fire Lame Deer a collaboré avec Richard Erdoes pour écrire ce livre qu'ils présentent comme le prolongement des mémoires de leur père et ami.

*Le Cercle sacré* est le récit passionnant de la vie d'Archie, depuis son enfance sur la réserve de Rosebud, Dakota du Sud, jusqu'à nos jours où, afin de faire connaître la spiritualité et la culture de son peuple, il donne des conférences dans le monde entier – rencontrant notamment le pape et le Dalaï-Lama.

Ce livre, qui dévoile le sens des cérémonies sacrées du peuple sioux et décrit avec précision la cosmologie des Lakotas, nous fait partager les interrogations, la quête spirituelle de cet homme d'exception, imprégné de sa religion et de sa tradition, mais dont la réflexion s'ouvre à l'humanité tout entière. *Le Cercle sacré* prend ainsi les dimensions de notre planète.

« Le Cercle sacré *est un vrai régal pour les amateurs d'histoires bien racontées. Avec ses mémoires, Archie Fire Lame Deer nous offre un témoignage saisissant et riche d'enseignement.* » **Tony Hillerman.**

George Catlin

**Les Indiens d'Amérique du Nord**

*Traduit de l'américain*
*par Danièle et Pierre Bondil*

« Peintre des Indiens », George Catlin (1796-1872) a voué sa vie et son œuvre à un peuple qu'il pressentait menacé de disparition. De 1832 à 1839, il parcourt en tout sens l'Ouest américain, alors inexploré, où il rencontre une cinquantaine de tribus.

Ce livre est le récit de cet extraordinaire voyage. Il décrit des paysages grandioses, une flore et une faune uniques, mais en témoin privilégié, Catlin s'attache surtout aux Indiens. C'est leur univers qu'il immortalise dans ce document historique et ethnologique inestimable.

*«Le sentiment premier que provoque la lecture de ce livre sans prix : l'émerveillement.»* **Philippe Garnier, *Libération*.**

Angie Debo

## Histoire des Indiens des États-Unis

*Traduit de l'américain par Alain Deschamps*

Pour les Indiens d'Amérique du Nord dont l'histoire sur le continent remonte à près de 20 000 ans, l'arrivée des Européens s'est traduite par une remise en question dramatique de leurs modes de vie, de leur existence.

Malgré cela, de nombreuses tribus ont survécu à cette longue et douloureuse épreuve. Jusqu'à aujourd'hui, elles ont réussi, envers et contre tout, à maintenir en grande partie leurs cultures traditionnelles, cet héritage ancestral qui définit leur identité. Non seulement les Indiens ont survécu, mais ils ont fait valoir leurs droits, retrouvé leurs valeurs et leur fierté.

Ce livre est l'histoire approfondie des Indiens, des Esquimaux et des Aléoutes des États-Unis, la chanson de geste tragique et héroïque de ces nations, dont elle immortalise l'esprit de résistance et la volonté de survie.

Chantal Gérard-Landry

## Hopi,

### peuple de paix et d'harmonie

Dans le nord-est de l'Arizona s'élèvent trois mesas, véritables vaisseaux minéraux qui surgissent au milieu de l'immensité quasi désertique. C'est ici, dans des villages de pierre perchés entre ciel et terre, que vivent les Hopis, l'un des plus anciens peuples indiens d'Amérique du Nord.

Les légendes disent que le Créateur leur a attribué ces terres arides et désolées pour que de leurs prières seules dépende l'abondance de la pluie et des récoltes. Sans doute est-ce pour cela que les Hopis, dont la spiritualité, étroitement mêlée à leur vie et à leur culture, atteint une dimension universelle, comptent parmi les peuples les plus religieux de la planète.

Les Hopis pensent avoir hérité de la responsabilité de la Terre et, de ce fait, la protègent avec une immense vénération, tout en respectant leurs cérémonies ancestrales au nom de l'humanité tout entière.

Royal B. Hassrick

## Les Sioux

### Vie et coutumes d'une société guerrière

*Traduit de l'américain par Laurence Fritsch*

C'est le peuple des légendaires Sitting Bull, Crazy Horse et Red Cloud, celui qui a infligé à l'armée américaine ses plus grandes défaites, celui qui nous a bouleversés dans *Danse avec les loups*. Ce livre nous fait pénétrer au cœur de l'univers des nomades, chasseurs de bisons, guerriers farouches, au moment de l'apogée de leur culture (1830-1880).

Jean-Louis Rieupeyrout

## Histoire des Navajos

Porteurs d'une culture riche, farouches résistants à l'envahisseur blanc, les Navajos furent réprimés, traqués et massacrés dès le seizième siècle par les Espagnols puis par les Américains. Ils ont ensuite affronté avec une remarquable faculté d'adaptation les impératifs du présent. Récit épique, haut en couleur, ce livre conte leur histoire et leur mythologie, l'exil, les batailles, mais aussi leur vie quotidienne, sociale et religieuse, les travaux et les jours d'une communauté fidèle à ses traditions et ouverte au monde moderne.

Robert M. Utley
et Wilcomb E. Washburn

## Guerres indiennes

*Traduit de l'américain par Simone Pellerin*

La conquête et la colonisation du continent nord-américain par les puissances européennes, puis par les Américains, furent marquées par une longue série de conflits avec les nations indiennes qui peuplaient déjà l'ensemble du territoire bien avant l'arrivée de l'homme blanc.

C'est la dramatique résistance indienne à l'avancée inexorable des colons sur tout le territoire américain qui est retracée ici. On y croise les figures légendaires de Sitting Bull, Geronimo, Cochise ou celles, moins connues mais tout aussi déterminantes, de Pontiac, Tecumseh, Black Hawk, Chef Joseph...

Jack Weatherford

**Ce que nous devons aux Indiens d'Amérique et comment ils ont transformé le monde**

*Traduit de l'américain par Manuel Van Thienen*

C'est à une véritable découverte de l'Amérique et des principaux apports des peuples indiens à l'humanité que nous invite ce livre étonnant. Professeur d'anthropologie, Jack Weatherford démontre ici comment les pratiques culturelles, sociales et politiques des Amérindiens ont transformé les modes de vie à travers le monde. Ces derniers ont eu une influence déterminante sur les habitudes alimentaires, les techniques agricoles, les connaissances médicales, les modes de gouvernement...

BEAUX LIVRES

Texte de Florence Curtis-Graybill
et de Victor Boesen

**L'Amérique indienne d'Edward S. Curtis**

*Traduit de l'américain par Gabriel Pospisil*

Au début du siècle, Edward Sheriff Curtis entreprend de photographier les Indiens d'Amérique du Nord afin d'immortaliser ce qui peut être sauvé de ces cultures sur le point de disparaître, dans leur forme originelle.

Comment cette œuvre monumentale (40 000 clichés) est-elle née dans l'esprit de son créateur et comment l'a-t-il menée à bien? Tel est le sujet de cet album, accompagné des plus belles photos de Curtis, choisies par sa fille, Florence Curtis Graybill. Ce livre, en même temps qu'il rend hommage à un immense artiste, ressuscite à jamais la grandeur d'un univers aujourd'hui mythique.

«*Une lecture absolument passionnante comme le sont toujours les livres qui retracent l'histoire d'une obsession.*» **Philippe Garnier, *Libération***

François Perriot

**La dernière frontière**

*La Dernière frontière* nous montre, à travers des documents inoubliables, l'arrivée des Blancs dans les grandes plaines et comment ils ont dépossédé les Indiens de leurs terres ancestrales. C'est la chronique émouvante d'un conflit entre deux cultures : l'une ancrée dans la tradition et le respect de la nature ; l'autre, vouée tout entière à l'exploitation par l'agriculture, l'élevage, les activités minières et forestières. L'Ouest américain, dans les plaines duquel on peut encore voir les traces des chariots du siècle dernier, porte à jamais les cicatrices de ce combat inéluctable.

Les images anciennes de cet album nous hantent. Certaines nous font rêver à force d'émotion et d'harmonie. D'autres nous bouleversent par leur cruauté. Mais toutes rendent compte, avec une terrible beauté, de cette époque unique où un monde disparut au profit d'un autre qui naissait à peine.

*La Dernière frontière* est un grand livre de mémoire et de nostalgie.

«*Une chronique émouvante, le choc, au travers de photos d'époque, de deux cultures. Bouleversant.*»
**Thierry Gandillot, *Le Nouvel Observateur*.**

*La compositions de ce livre*
*a été effectuée par Charente Photogravure,*
*l'impression et le brochage ont été effectués*
*dans les ateliers de Pollina à Luçon*
*pour les éditions Albin Michel.*

*Achevé d'imprimer en mars 1995*
*N° d'édition : 014550. N° d'impression : 67461.*
*Dépôt légal : avril 1995*